APOLOGIE

DES MODERNES,

OU

RÉPONSE

DU CUISINIER FRANÇOIS

AUTEUR DES DONS DE COMUS,

A UN PATISSIER ANGLOIS.

APOLOGIE DES MODERNES,

OU

RE'PONSE

DU CUISINIER FRANÇOIS

AUTEUR DES DONS DE COMUS,

A UN PATISSIER ANGLOIS.

LE Goût des hommes est si peu uniforme en matiere de Ragoûts & d'ouvrages d'esprit, que je ne m'attendois pas au succés prodigieux qu'a eu le Traité que j'ai donné au Public sur la Cuisine nouvelle.

Par une espece de miracle, les Connoisseurs, & ceux qui ne le sont pas, l'ont également comble de loüanges, celles que

vous me donnez, Monsieur, dans la lettre que vous m'avez écrit, me flattent extrêmement, & me flateroient encore plus
sans quelques traits de Critique sur lesquels je vais vous répondre avec toute la
franchise d'un Cuisinier Philosophe.

Rien à mon avis ne contribue autant
au progrès & à l'avancement de nos con-
noissances que la critique, pourvû qu'elle
ne soit pas faite dans toutes les régles de
l'art, c'est-à-dire, pourvû qu'elle ne dé-
bute pas de la maniere du monde la plus
honnête, pour finir par des invectives.

La seule raison qui me feroit croire que
l'observation de cette régle est indispen-
sable & essentielle à l'art de la Critique,
c'est de voir qu'aucun de nos Auteurs
Critiques ne s'en est encore dispensé ; je
ne sçai si vous me permettrez de ne me
point conformer à une régle si bien au-
torisée par l'usage, mais il n'y aura ici
ni compliment ni invectives.

Sur ce pied-là je commencerai sans façon par vous representer l'illusion où
vous êtes à l'égard de l'Académie. Vous

infinuez que les talens n'y font pas com-
munément admis ; il eft vrai, Monfieur,
les talens communs y font rares , mais
les talens rares y font communs.

Vous pouvez en juger par les Haran-
gues de nos Académiciens. N'eft-ce pas
un talent fort rare que de faire paffer
pour neuf ce qui a cent fois été dit ? Un
corps deftiné à former le langage, peut-
il travailler plus efficacement à fe rendre
inutile, * qu'en épuifant toutes les ma-
nieres poffibles & imaginables de dire la
même chofe.

Je n'ai garde de m'étendre ici fur les
loüanges de nos Academiciens , après
celles que leur modeftie eft forcée de re-
cevoir à la réception de leurs Confreres ;
c'eft dans ces Ecrits immortels , dans ces
éternels complimens que vous pouvez
apprendre à apprecier le mérite éclatant
des morts & les modeftes qualités des
vivans ; car il eft bon que vous fçachiez
que tel homme qui, de fon aveu, n'a pas
le moindre talent , n'eft pas plûtôt re-

* Eloge du Cardinal Dubois.

vêtu du titre d'Académicien , qu'il est sûr de mourir un jour avec tous les talens possibles ; après cela faut-il s'étonner des brigues & de l'empressement de nos Auteurs pour posseder un titre , qu'ils regardent avec raison comme une seconde nature.

Mais ce n'est pas seulement à l'égard de nos Académiciens que vous paroissez être dans l'erreur.

Eh où vivez-vous , Monsieur , pour ignorer les admirables progrès des Modernes dans toutes les parties des sciences , soit physiques, soit métaphysiques ? Progrès dont ils sont redevables à cet esprit philosophique dont vous parlez avec mépris, faute je crois de le connoître.

Jettez les yeux de tout côté , vous ne verrez en tous lieux que des monumens du bon goût , du sçavoir , & de la sagacité des Modernes.

Ignorez-vous que nous découvrons tous les jours un nombre infini de Simples & de Remedes absolument inconnus aux Anciens,& qu'au moyen de ces découvertes, nos maladies font bien plus courtes & notre vie beaucoup plus faine & plus longue que celle de nos peres.

Graces aux découvertes nouvelles fur l'agriculture, nos terres font mieux cultivées, nos moiffons font plus abondantes, & la campagne eft bien plus riche qu'elle ne l'a jamais été.

Y a-t-il rien de plus fingulier que la révolution arrivée dans nos fpectacles depuis quelques années ? Eût-on jamais pû fe flatter de voir fucceder à des Operas fimplement lyriques, des Bergeries néologiques, des Madrigaux héroïques, & des Ballets hiftoriques accompagnés des doux accens d'une mufique patetique, très-artiftement timpanique & doctement amphigourique.

Quelle différence, grands Dieux, entre nos Piéces de Théatre & celles qui charmoient le Public il y a cinquante ans ! Un Ancien * définiffoit les Piéces de Théatre : " Une tromperie ou celui „ qui duppe, eft plus jufte que celui qui

* Bayle article de Moliere.

A iij

„ ne duppe pas, & ou celui qu'on trompe
„ eſt plus habile que celui qu'on ne trom-
„ pe pas „ Si cet Ancien revenoit au
monde , je crois qu'il ſeroit bien ſurpris
de l'habileté de la nation en général pour
tromper & être trompée.

En effet, les Anciens ne connoiſſoient
que deux genres de drammes , & nous
en connoiſſons plus de vingt. Avoient-
ils la moindre idée de ce comique atten-
driſſant , de ces farces métaphyſiques , &
du tragique galantin qui charment nos
connoiſſeurs ?

Ce n'eſt qu'en ſubvertiſſant les régles
de l'ancien Théatre que nos Auteurs
drammatiques ont trouvé le ſecret de
plaire, & qu'ils font ſentir au Public que
Corneille n'entendoit rien au choix des
ſujets de ſes Piéces , ni à la maniere de
les traiter.

Ils nous font voir tous les jours que
les ſujets des Tragédies, & les évenemens
les plus merveilleux , ne doivent point
être tirés de l'hiſtoire ou de la fable con-
nuë , mais bien de l'imagination du Poëte;

ce qui les rend plus vraisemblables &
beaucoup plus intéressans.

Par un rafinement délicat, ils ont na-
turalisé François toutes les Nations du
monde : aussi voit-on avec un plaisir ex-
trême les Grecs, les Romains, les Turcs
& les Indiens se comporter dans leurs
Pieces comme feroient des Parisiens ; ce
qui est d'autant plus adroit, que nos Auteurs ont l'attention de conserver à leurs
Héros leur nom propre, & l'habillement
de leurs Pays. En récompense ils se gar-
dent bien de conserver au même homme
pendant le cours d'une Piéce, le caractere qu'ils lui donnent au commence-
ment : Pour donner aux spectateurs le
plaisir de la surprise, leurs personnages
changent à chaque Acte de caractere,
& très-souvent dans une Scéne le même
homme est tout à la fois impie, dévot,
guerrier, amant, clement, barbare &c.

Je passe sous silence les autres innova-
tions de nos Poëtes drammatiques, aussi-
bien que leur adresse à éviter la froideur
& la sécheresse du Dialogue, en lui don-
A iiij

nant une forme épique d'autant plus in
génieuse & piquante qu'elle est parsemée
d'antitéses & de lieux communs colés en
relief avec tout l'art imaginable.

Que dirois-je des Poëtes que nous
avons dans les autres genres, qui n'eût
paru incroyable à ceux de l'antiquité avec
lesquels nos Modernes n'ont, Dieu merci,
rien de commun que le mépris des loüanges & la modestie ordinaire aux enfans
des Muses.

Je m'imagine qu'Horace seroit bien
surpris s'il sçavoit que toutes ses régles
sont bannies de la Poësie, & qu'on s'en
écarte aujourd'hui avec le même soin
qu'on les observoit autrefois.

C'est une obligation que nous avons à
un des plus grands Poëtes Modernes, qui
découvrit il y a quelques années que
l'harmonie, l'invention, la hardiesse des
figures, & la noblesse des idées, étoient
des Piéces hors d'œuvre dans un ouvrage de Poësie; il le prouva par l'exemple
de l'Iliade & de l'Odissée qui fourmillent
de ces défauts, dont il fit une critique

fort senſée & fort bien écrite.

Cette découverte a extrêmement abre-
gé les difficultés de la Poëſie, & a formée
en peu de tems un nombre infini de
Poëtes qui ont enfin porté cet art à
un dégré de perfection inconcevable.

Non, rien n'approche de la gloire &
de la réputation de nos Poëtes que celle
de nos Orateurs. Je n'entends point parler
ici de ces grands hommes qui ont en
charge la pureté & la chaſteté de notre
langue, le miel découle de leurs lévres,
& leurs plumes trempées dans l'eau-roſe
ne tracent jamais que des fleurs ,des guir-
landes & des las-d'amour ; je parle ſim-
plement de l'éloquence de la Chaire & de
celle du Barreau.

L'on n'eſt plus ſurpris comme autrefois de voir des diſcours ſolides dans la
bouche d'un Prédicateur ; il ne monte
plus dans nos Chaires que des Sçavans
du premier ordre, & qui réüniſſent enſemble les plus beaux dons de l'Eloquen-
ce & le ſçavoir le plus profond. Vous
en connoiſſez comme moi pluſieurs donc

la fertilité est telle qu'ils prêcheroient tout un Carême sans prendre d'autre texte pour leurs Sermons qu'une lettre de l'alphabet.

Bien loin d'esquiver les difficultés, comme personne ne les contredit, ils se contredisent eux-mêmes tous les jours, & se font les objections les plus fortes.

Aussi les simples & les gens d'esprit sont également forcés de se rendre à la force de leurs raisons, & rien n'échape plus à leur éloquence que les mouvemens de nos cœurs.

C'est à leur art triomphant que nous devons aujourd'hui la réforme des falbalas, des fontanges, des martingalles, & des parures immodestes des femmes du siécle passé; c'est aux traits tous remplis de feu de leur morale ingénieuse, c'est à leurs pieuses Epigrammes, à leur entousiasme fleuri que nous sommes enfin redevables de l'aversion des gens du monde pour le jeu & la médisance, aussi bien que des sages bornes qu'ils ont mis au respect humain.

Si ces grands hommes connoissoient les passions & la jalousie, ils ne pouroient porter envie qu'aux talens de nos Avocats.

Ces illustres Praticiens Modernes, sans école que le Palais, & sans Maîtres que la nature, ont une forte éloquence qui plaît, qu'on admire & qu'on craint; ils charment par leur douceur, leur force nous épouvante, & leur adresse déconcerte souvent & les Juges & les Plaideurs.

Leur habileté à soutenir le pour & le contre & des intérêts opposés, est d'autant plus admirable qu'ils passent du blanc au noir sans jamais se contredire, & sans donner la moindre atteinte à leur bonne foi.

Ils sont si scrupuleux là-dessus, qu'ils n'y en a point qui n'aiment autant perdre tous les jours de bonnes causes que d'en défendre de mauvaises.

Peut-on douter de leur zele pour la Justice, puisqu'en plaidant pour la servitude d'un Egout ou pour les bornes d'un arpent de terre , ils tonnent avec véhemence , & s'expriment avec plus d'emphase , que Ciceron n'a jamais fait pour conserver une couronne à son ami Dejotanus.

Mais c'est en cela que j'admire leur jugement ; car s'ils déployent ainsi les maîtresses voiles de l'éloquence , en traitant des sujets si minces ; c'est pour se tenir en haleine , en attendant que leurs talens décident du salut d'une Province.

L'on peut dire, sans les flatter , que l'étenduë de leur esprit est proportionnée à l'importance de leur profession , & que leur capacité est égale à leur désintéressement, qui est bien prouvé, ce me semble, par l'ardeur avec laquelle ils travaillent à guérir la Nation du goût qu'elle a pour la chicanne. Aussi faut-il convenir que la plûpart de leurs plaidoyés sont plûtôt une satire des Plaideurs qu'un exposé de leurs affaires.

Il est vrai que le progrès des Modernes dans l'art oratoire est moins surprenant quand on pense à quel point l'art de raisonner s'est perfectionné en France depuis quelque tems.

Sçavez-vous bien, Monsieur, que nous sommes à la veille de connoître avec autant de certitude la forme & la figure de la terre, que la maniere de créer quelque chose de rien.

Sans cet esprit Philosophique dont vous faites si peu de cas, eût-on jamais pû découvrir que les differentes expressions dont les Philosophes se servent ont dans le fond le même sens? Eût-on pû croire, par exemple, que le Plein de Descartes & le Vuide de Neuton sont une seule & même chose, que l'impulsion & l'attraction ne different entre eux que de noms, que le moindre atôme de matiere est divisible à l'infini, c'est-à-dire, fini & infini tout ensemble &c.

Graces aux découvertes modernes les Qualités occultes des Anciens ne sont plus qu'une suite des loix générales de la communication du mouvement, le froid & le chaud, le son, les couleurs & toutes les qualités sensibles des corps ne font plus que des perceptions des modifications de nos ames, déterminées par la préfence des corps extérieurs à avoir de pareilles fenfations, en conféquence des loix générales établies par la volonté arbitraire du Très-haut.

Il n'y a pas encore cent ans que de pareilles définitions paroiffoient un pur galimatias ; mais tout le monde les entend aujourd'hui très - clairement. Ah qu'à ce trait l'on connoît bien le langage de la vérité ;

Je vous en fais Juge , Monfieur. Croyez-vous que fans le fecours d'un efprit vraiment algebrique , analitique & mathematique , l'on eût jamais pû découvrir qu'un gland de chêne contient fous fon envelope , non feulement un chêne tout formé , mais encore d'autres glands , ces glands d'autres chênes , ces chênes d'autres glands , & ainfi à l'infini , & qu'il ne leur manque rien que d'être développés pour couvrir de chênes non feulement notre globe , mais encore tous les globes du monde & les Efpaces imaginaires.

Convenons que le Physicien qui le premier a fait cette découverte, avoit de bons yeux ou un excellent microscope. Quel effort de génie n'a-t-il pas fallu pour pouvoir, avec le seul mot d'envelope, nous déveloper avec autant de clarté un des plus profonds misteres de la nature, & qui avoit fait bouquer toute l'antiquité.

Rien ne peut échapper aux regards perçans des Modernes ; sans leur admirable méthode, eût-on jamais pû démontrer que les Bêtes n'ont point d'ames, qu'elles n'ont par conséquent pas plus de sentiment qu'une pendule, & qu'un chien qui chasse un renard ne voit, ni n'entend ni ne sent ? Quelle découverte ! *

. Ce n'est qu'avec le secours des expériences que les Modernes ont pénétré aussi avant dans la nature des choses. Aussi faut-il convenir que leur patience

* Ce seroit passer les bornes d'une lettre que de s'étendre davantage sur les progrès des Philosophes Modernes. Il me sera facile de faire voir quelque jour au Public que leurs principes physiques & métaphysiques quoique discordans entr'eux, doivent s'entendre au même sens.

& leur adreſſe à en faire de toutes les ſortes paſſe tout ce qu'on en peut dire. Entre un million d'exemples que je pourrois en citer , je n'en rapporterai ici qu'un , comme le plus récent & le plus connu.

Qui jamais auroit pû penſer qu'un rayon de Soleil paſſant au travers d'un Priſme à Londres fût compoſé de ſept couleurs primitives , & que le même rayon paſſant au travers d'un Priſme à Paris n'eût que trois couleurs primitives.

Ah qu'une pareille expérience ſeroit utile au genre humain , s'il ſçavoit en faire ſon profit ! Elle ſeroit ineſtimable ſi elle pouvoit lui faire entendre que ce qui paroît vrai dans un lieu , peut paroître faux dans un autre.

Envain l'on m'objecteroit ici que ce qui eſt arrivé aux Anciens peut bien arriver aux Modernes , & que la poſterité jugera de nos découvertes nouvelles , comme nous jugeons de celles de nos Peres.

Je réponds que cela eſt impoſſible, parce

ce qu'il est bien demontré que les sistê-
mes des Anciens sur la nature de l'ame,
les proprietés de la matiere, les loix du
mouvement, & generalement sur tous
les objets de la Physique & de la Métaphysique sont des hypoteses chimeriques
& des balivernes : or comme les Modernes ont pris sur tous les points le contre-
pied des Anciens, il faut de necessité
qu'ils ayent la verité de leur côté.

Il n'y a donc qu'un homme assez dé-
raisonnable pour soutenir que le pour
& le contre est également véritable sur
toutes ces questions, qui puisse croire
que les découvertes nouvelles auront un
jour le sort des anciennes.

La seule invention des lunettes assure
la gloire des Modernes, & leur a plus
appris de choses dans un jour, que les
anciens n'en avoient pû connoître en
vingt siécles.

Avant l'invention des lunettes & la
naissance de Descartes, les Philosophes
ne connoissoient qu'un monde, & encore
quel monde ! C'étoit ce méchant monde

B

sensible & materiel qui tombe également
sous les sens des enfans & des ignorans.

Graces à la méthode de Descartes, le
P. Malbranche & ses sectateurs ont découvert un nouveau monde, bien plus
étendu que le précedent, & c'est le monde intelligible dans lequel les Modernes
ont fait de si heureuses découvertes. Enfin nous recevons tous les jours des re-
lations curieuses & intéressantes sur les
prodiges d'un autre monde, que l'on
pourroit appeller un monde impercepti-
ble par la tenuité, la subtilité, & la nihi-
lité de ses parties.

Nous voici donc à l'aide des lunettes
tant spirituelles que corporelles des Modernes plus riches de deux mondes que
n'étoient nos peres. Avec le secours de
cette invention plus qu'humaine, nous
découvrons tous les jours de nouveaux
lieux & de nouvelles terres, & telle femme parmi nous connoit aussi précisement
la situation, la nature & la figure des pla-
nettes, que les dimensions de son ca-
napé.

Eh où en serions-nous sans l'invention des Lunettes & des Microscopes? Eût-on jamais pû découvrir la conformation des Insectes, le sexe important des Abeilles, l'histoire des Gallinsectes, les pinces des Moucherons, les testicules des Cirons, l'anus des Puurons, &c.

Ah quel dommage si les Sçavans qui employent si utilement leur tems à de semblables recherches manquoient de matériaux ! Mais ce seroit perdre le mien que de vous étaler ici les progrès que nous avons fait dans la Musique, la Peinture, la Sculpture, l'Architecture & les Méchaniques. Vous en pouvez juger par l'ingénieuse invention des Clavesins oculaires & des Tableaux auriculaires dont nos Journaux font mention : je vous entretiendrai peut-être quelque jour des découvertes des Modernes dans l'Algebre, la Géometrie, la Chimie, l'Astronomie & l'Histoire.

Je ne parle point de l'Histoire de notre siécle, cette connoissance est réservée de droit à notre posterité, & cela a toujours été de même ; c'est à ceux qui naîtront dans quatre ou cinq cens ans d'ici à avoir la clef de ce qui se passe aujourd'hui. Vous en pouvez juger par ce qui vient d'arriver aux Hierogliphes des Egyptiens dont nous pénétrons mieux le sens qu'ils ne le faisoient eux-mêmes. Je parle de l'Histoire ancienne des Perses, des Grecs, des Romains que l'on peut bien regarder comme une découverte nouvelle par le rapport qu'on a trouvé entre les mœurs, la façon de penser & les actions des Anciens, & les dogmes de notre morale & de notre Religion.

L'on croyoit anciennement qu'un des principaux fruits de l'Histoire consistoit à former la raison & le jugement par la comparaison des actions humaines , & qu'il en falloit juger par ce qu'elles sont par elles - mêmes , indépendament des loix , des usages & de la Religion des différens peuples ; mais l'on étoit dans l'erreur ; car les Modernes ont découvert que pour juger de la bonté morale d'une action , il faut connoître la première cause , le premier principe des actions humaines , aussi bien que la fin à laquelle elles se rapportent. Or comme la premiere cause & la fin derniere des actions humaines ne sont bien connuës que de nous , il s'ensuit qu'il n'y a que nous qui puissions bien juger de la bonté morale des actions humaines.

C'est ce qui fait qu'un Talapoin qui reprocheroit à Socrate de n'avoir pas connu son Dieu Foé , seroit tout-à-fait ridicule ; mais nos Auteurs peuvent faire un reproche semblable à Socrate sans encourir le même blâme.

Ce droit nous est dévolu en conséquence d'un principe dont la découverte fait bien de l'honneur aux Modernes ; c'est que la vérité pour être contestée , n'en est pas moins évidente & incontestable.

Vous n'imaginez point combien ce principe est commode pour faire voir que tout le monde a raison ; car chaque secte de Philosophie , chaque nation , chaque peuple ayant la liberté de dé-

montrer ſur leur Palier que leurs principes Philoſophiques & les dogmes de
leur morale ſont évidens , il en réſulte
avec raiſon qu'ils n'en ſont pas moins
véritables encore qu'ils ſoient fort con-
teſtés.

Au reſte , comme la prévention n'a
nulle part à l'admiration que j'ai pour les
Modernes , j'avoüerai de très-bonne foi ,
que le Public n'a pas encore reſſenti les
utilités qu'il recevra dans les ſuites, de nos
découvertes nouvelles ; il ne faut (comme le remarque fort bien un Auteur de
nos jours) regarder nos découvertes phy-
ſiques que comme des materiaux qui ſer-
viront à élever (à la fin des ſiècles) un
Edifice qui fixera l'incertitude de l'eſpri
humain, & comblera les ſocietés de bien
& de commodités, ainſi ſoit il.

Après cela , n'avez-vous pas bonn
grace , Monſieur , de plaiſanter ſur le
utilités de la Philoſophie & de la Géom
trie dans la nouvelle Cuiſine. Vou
croyez apparamment qu'un Ramequi
triangulaire, une Tourte parabolique

les Ragoûts semblables seroient plus mal-
sains que les autres ; mais détrompez-
vous, je vous prie, non seulement ils seroient plus agréables aux personnes de
bon goût, peut-être seroient-ils plus
sains.

J'en ai pour garans le grand Neuton,
Descartes, Hartroker, Malpishy, Mus-
sembrock & les plus sçavans Physiciens
du monde qui ont mathematiquement
démontré que les mixtes & generalement tous les corps tant les solides que
les fluides, ne different entre eux que
par la configuration de leurs parties ;
d'où il résulte que si un Ragoût fait plus
de mal qu'un autre, cela vient uniquement de la forme & de la configuration
de ses parties : or comme les parties d'un
petit Pâté parallelipipede sont nécessaire-
ment figurées differemment de celles
d'un petit Pâté d'une autre forme, il faut
de toute nécessité qu'un petit Pâté parallelipipede ait des propriétés & des qualités differentes de celles d'un petit Pâté
d'une autre forme, à moins de vouloir

B iiij

soutenir que l'essence & les proprietés des corps ne dépendent pas uniquement de la configuration de leurs parties ; ce qui révolteroit tous les Physiciens.

Le Public verra incessament cette idée bien développée dans un excellent Ouvrage qui est sous la presse ; il est d'un Sçavant Medecin Moderne, qui démontre d'une maniere méthodique & médiconéologique , que les Ragoûts de la nouvelle Cuisine temperés en proportion géometrique sont des remedes specifiques pour toutes nos maladies. Pour la commodité du Public il a partagé son Ouvrage en quatre Volumes in-folio, où sont rangés par ordre alphabetique les noms de toutes les maladies du corps humain , & à côté sont les Ragoûts propres à guérir ces maladies.

Le Public verra avec étonnement que nous avons cent maladies pour un Ragoût qui nous soit propre, mais il verra en même tems avec plaisir qu'un seul Ragoût mangé à point , peut guérir de cent maladies ; en quoi ce Sçavant Au-

teur s'écarte beaucoup de la pratique de
ses Confreres , lesquels (apparamment
faute des specifiques) ordonnent cent
remedes tous differens pour une seule
maladie.

A la tête de cet Ouvrage est un docte
avertissement divisé en deux parties; dans
la premiere , il fait voir qu'il y a autant
de rapport entre les lettres de l'alphabet & nos maladies , qu'il y en a entre
les tons de la musique & les sept couleurs
primitives de Neuton ; de façon que les
maladies dont le nom se termine en **A**,
se guérissent avec des Ragoûts dont la
terminaison est en **Z** , & ainsi des autres ;
il appuye cette découverte des mêmes
raisonnemens dont les Neutoniens se
servent pour démontrer l'analogie des
couleurs & des sons , & il fait voir que
nous n'avons que vingt trois sortes de
maladies primitives , lesquelles par différentes combinaisons operent ce nombre innombrable de maladies qui affligent
le genre humain· comme je ne pourrois,
sans trop m'étendre , faire un extrait de

ses preuves, je vous renvoye à l'Ouvrage même.

Dans la seconde partie de son avertissement, il fait voir l'inutilité & les mauvaises suites de la diette. Il remarque entr'autres choses fort judicieusement, que tous les gens qui font diette ou sont actuellement malades, ou le deviennent par la suite; d'où il s'ensuit que la diette n'est bonne ni pour le tems present, ni pour l'avenir; il conclut de-là qu'elle n'est propre qu'aux maladies qui sont passées, mais il fait voir par des raisons tirées d'Hipocrate, que ces sortes de maladies n'ont aucun besoin de remedes.

Après plusieurs raisonnemens de cette force, il conclut que l'homme ayant absolument besoin de manger pour vivre en santé, ne doit pas manger indifferemment de tout, mais seulement de bons Ragoûts temperés & assaisonnés en proportion géometrique, & voici comme il le prouve.

Il prétend avec les Philosophes & les Medecins Modernes, que les humeurs dont se forment nos maladies, ne diffèrent de nos alimens que par la configuration de leurs parties, & que cette configuration dépend principalement du tissu des Canaux & de la Structure des filieres par où les parties les plus subtiles de nos alimens sont nécessitées de passer pour être portées dans le sang ; d'où il s'ensuit qu'il est impossible de connoître la cause de nos maladies, & la maniere de les guérir … sans connoître parfaitement la Structure de ces filieres & la configuration des parties de nos alimens qui passent dans notre sang ; or comme la Géometrie est la science des figures, il fait voir qu'elle peut seule nous apprendre à connoître la configuration des particules intimes & primordiales dont nos alimens sont composés ; d'où il conclut qu'il faut absolument s'en servir dans la composition de nos Ragoûts considerés comme remedes, sans quoi on courroit toujours risque de se tromper, & de faire des *quiproquo*.

Par cette méthode il assure qu'il fait

tous les jours des cures merveilleuſes, il ex-
horte ſes Confreres à s'en ſervir pour le
bien du Public, & il finit par recommander
ſur tout les ſauces de la Cuiſine nouvelle
au malades qui ont beſoin d'acides.

Si l'ouvrage de ce ſçavant homme
réuſſit, comme je n'en doute pas, je don-
nerai inceſſamment au Public un eſſay
nouveau ſur l'Entendement humain ;
j'eſpere y démontrer d'une façon nouvelle & Métaphyſico-géometrique, que
la diverſité de nos opinions ne vient que
de la difference de nos nourritures, &
qu'en un mot nos alimens ſont la ſource
& l'unique origine de nos idées & de nos
penſées, par où on peut juger de quelle
importance l'Art de la Cuiſine eſt dans
un Etat, puiſque la ſanté & la façon de
penſer des Societés en dépendent.

En attendant, je ſupplie les Philoſo-
phes, qui regarderont ſans doute ceci
comme un paradoxe, d'être ſeulement
trois ſemaines ſans rien prendre, & ils
m'en diront des nouvelles ; c'eſt une expérience à faire, car l'on s'eſt bien apperçû

que les gens qui mangent trop peu , &
qui se piquent de jeuner , ont souvent
des idées bien creuses ; mais nous igno-
rons encore quelles idées auroit un homme qui ne mangeroit point du tout.

Quoiqu'il en soit, chacun peut sur cela
consulter l'expérience ; il est honteux que
des Nations que nous regardons comme
Barbares nous en fassent la leçon.

Les Caraïbes , les Topinamboux , les
Brésiliens , & la plûpart des Américains
ont fort bien reconnu que les pensées
& les inclinations de leurs ames dépen-
doient de leurs aliments ; pour rien dans
le monde ils ne mangeroient des Tortuës,
des Ecrevisses , des Canards , des Lima-
çons , ni d'aucun animal rampant ou pa-
resseux ; ils ont éprouvé que leur esprit
aussi bien que leur corps participoient à la
nature des animaux dont ils se nourissent.

Les Bramines & les Indiens de Ben-
gale & de la Côte de Coromandel sont
dans les mêmes principes ; les Turcs , les
Persans , les Arabes , & la plûpart des
Orientaux ont différentes préparations

d'Opium , avec lesquelles ils se procurent , comme ils veulent , des idées agréables & voluptueuses , ou des pensées tristes & Philosophiques.

Mais , sans sortir de chez nous , il ne faut qu'une dose mediocre d'Ellebore , ou de Colloquinte , pour faire extravaguer l'homme le plus sensé ; deux pintes de Vin , ou quelques grains d'Opium suffisent pour culbuter les idées de la tête la mieux timbrée : or comment imagine-t'on que le dérangement de nos idées provienne de nos alimens ou de nos médicamens , & que leur arrangement n'en provienne pas ; par quelle regle ose-t'on assurer que nos alimens influent sur nos idées en mal , & qu'ils n'ont aucune influence en bien.

Au reste , je supplie les Philosophes qui nient que nos pensées proviennent de nos alimens , de vouloir bien nous expliquer ce que c'est qu'une pensée , une idée , comment elles se forment , & où elles résident ? s'ils le sçavent il y a bien de la malice à eux de n'en pas instruire le Pu-

blic, la chose en vaut bien la peine, &
s'ils ne le sçavent pas, leur décision n'est
d'aucun poids.

Rien n'est plus commun chez les hommes que de nier hardiment que les choses sont comme on nous le dit, sans pouvoir dire comme elles sont ; il semble
cependant que pour nier avec vérité
qu'une chose soit telle qu'on le dit, il
faudroit sçavoir ce qu'elle est, où elle est,
& comment elle est, sans quoi on court
risque de se tromper, soit en niant, soit
en affirmant quelque chose touchant sa
nature & ses propriétés.

C'est ce qu'un Philosophe Moderne a
fort bien démontré dans un excellent
Traité métaphysique sur les Anges violets,
où il fait voir que pour en connoître la
Nature il ne suffit pas d'en avoir des idées
négatives, & de sçavoir ce qu'ils ne sont
pas, mais qu'il faut en avoir une idée
positive, & sçavoir ce qu'ils sont par
eux-mêmes, sans quoi l'on court également risque de se tromper, soit en niant,
soit en affirmant quelque chose touchant
leur Nature.

J'ai peut-être insisté un peu trop là-
dessus, mais j'ai été bien aise de vous
faire une petite leçon sur ce que vous
dites de l'éducation de nos jeunes gens :
Vous prétendez qu'elle est fort mauvaise
sans en indiquer de meilleure ; mais encore qu'y trouvez-vous à redire ?

Nos Peres ne sont-ils pas fort contens
de l'éducation qu'on donne à leurs enfans, leurs Pedagogues le sont aussi, nos
jeunes gens sont fort contens d'eux, que
demandez-vous davantage ?

L'Education qu'on donne aux Enfans
ne tend-t-elle pas à les rendre heureux
dans le cours de leur vie ? Or connoissez-
vous un moyen plus court pour être heureux, que d'être content de soi-même ?
& pouvez-vous reprocher quelque chose
là-dessus à nos jeunes gens ?

Rien, à mon gré, ne fait autant d'honneur à la sagacité de nos Pedagogues Modernes que la maniere dont ils élevent
la jeunesse ; ils ont bien compris que l'é-
ducation des jeunes gens devoit être re-
lative aux Loix, aux mœurs & aux usages

des

des Sociétés où ils ont à vivre ; en conséquence de cela ils n'ont garde de leur prêcher la vertu, la douceur, la modestie, la temperance, la discretion & toutes ces belles qualités dont les Anciens font des éloges si pompeux ; car où cela les meneroit-il aujourd'hui ? A être toute leur vie le joüet des fourbes, des intriguans, des ambitieux, & de cette racaille de gens, qui étant les plus forts en nombre, font toujours les plus puissans, & donnent le ton aux Sociétés.

Dans ces circonstances, nos Modernes se sont retournés fort habilement ; ils ont bien senti qu'ils travailleroient inutilement à rendre nos jeunes gens parfaits, & qu'ils leur casseroient le col en les rendant vertueux ; d'un autre côté, ne voulant pas enseigner hautement le vice, ils ont travaillé à les rendre heureux. Eh pouvoient-ils s'y mieux prendre, qu'en les rendant contens d'eux-mêmes.

Je ne me lasse point d'admirer l'inconséquence des anciens Moralistes ; ils reprochent sans cesse à la Providence la prosperité des scelerats & la misere des gens de bien, ils déclament perpetuellement contre l'orgueil, l'avarice, la mauvaise foi, l'intrigue, la dureté & les autres vices des Grands, & ils recommandent en même tems la pratique des vertus contraires, comme une chose très-propre à faire réüssir & considerer quelqu'un dans la Societé, sans prendre garde que les Vicieux & les Grands dont ils disent tant de mal, sont précisement les plus considerés.

Ils font comme ce Provincial qui montroit un jour à Malherbe * Madame de Guercheville assise au cercle de Marie de Medicis. Après une longue énumeration des belles qualités de cette Dame, il termina son éloge en s'écriant; voilà ce qu'a fait la vertu; & voilà ce qu'a fait le vice, répliqua Malherbe en lui montrant la Connetable de Luynes assise bien au-dessus d'elle & à côté de la Reine.

En effet, il semble qu'un jeune hom-

* Vie de Malherbe.

me doit être bien embaraſſé à accorder les proprietés que l'on ſuppoſe aux bonnes qualités, avec ce qui ſe paſſe dans le monde.

Mon enfant, lui dit-on, ſoyez vertueux : la modeſtie, la candeur, la diſcretion, la vérité &c. font plaire & font réüſſir dans la Societé ; & il voit au contraire que ceux qui brillent davantage ſont à cent lieuës de ces bonnes qualités ; il voit les jeunes gens du bon ton & de bonne compagnie turlupiner ces bonnes qualités qu'on lui recommande, & en affecter d'autres diametralement oppoſées à la modeſtie, la douceur, la diſcretion, la candeur, &c. tant il eſt vrai qu'il ne ſuffit pas d'être vertueux, & qu'il faut encore l'être au ton de ſon Siécle & de ſon Pays.

Titelive remarque que la vertu & les bonnes qualités ne ſont recommandables que dans les Societés compoſées de gens ſages & vertueux, parce qu'on n'y eſt conſideré qu'autant que l'on poſſede dans un degré éminent ces bonnes qualités ;

mais , ajoûte-t il , lorſque les Societés ſont fort mêlées ou fort corrompuës , le Mechant & le Vicieux doivent être aimés & conſiderés par preference , parce que la même raiſon qui empêche des gens ſages & vertueux d'aimer un ſcelerat & un mé- chant homme , doit empêcher les mé- chans & les ſcelerats d'aimer & de con- ſiderer un homme vertueux.

Cette penſée me rappelle le mot & l'a- vanture de Dante, qui étoit tout enſemble un bon Poëte & un bon eſprit. Sa mau- vaiſe fortune l'ayant obligé de chercher un azyle chez un Prince de Verone , il eut bientôt le malheur de lui déplaire. Ce Prince ne lui cacha point qu'il ſe dé- goûtoit de lui , & lui dit un jour : C'eſt une choſe étonnante qu'un tel, qui eſt un ſot & un boufon , nous plaiſe à tous, & ſe faſſe aimer de tout le monde , ce que vous qui paſſez pour ſage & qui avez de l'eſprit ne ſçauriez faire. Il n'y a pas là de quoi s'étonner , répondit Dante , vous n'admireriez pas une telle choſe, ſi vous ſçaviez combien la conformité des esprits est la source de l'amitié.

Nous pouvons conclure de tout cela, Monsieur, que les meilleures qualités du monde pour réüssir veulent être habillées à la mode des Pays où l'on se trouve ; c'est ce que nos Moralistes Modernes ont fort bien compris : Aussi ont-ils tellement disséqué, analisé & quintessencié tous les dogmes de la morale, au lieu des preceptes generaux dont se servoient les Anciens, qu'ils ont enfin mis chaque chose à sa place.

Marc-Antonin, Seneque, Epictete & les Anciens Moralistes vous disoient tout cruëment ; il faut toujours être vrai, naturel & sincere ; un honnête homme doit toujours agir & parler conformément à sa conscience, mais partez de-là, & vous serez bientôt le fleau des societés ou la victime de ces beaux preceptes.

Nos Moralistes Modernes s'y sont pris plus habilement ; l'experience leur a appris, qu'un homme sage, prudent & qui veille à sa sûreté, ne parle jamais contre les Loix & le Gouvernement de son Pays ; qu'il est dangereux de controller les vices & les actions des Grands ; que la politesse & l'usage du monde veulent qu'on ne dise jamais à une femme, à un Auteur ou à qui que ce soit, ce que l'on pense sur son compte, quand cela n'est pas à son avantage ; d'où ils ont conclu qu'il falloit toujours être vrai dans tous les cas qui ne choquent ni la politesse, ni l'usage du monde, dans tous les cas qui ne prejudicient point à notre sûreté, ou à la réputation des autres, dans tous les cas enfin qui n'intéressent ni la Religion, ni le Gouvernement, ni les vûës de nos Superieurs : or n'est-ce pas nous faire entendre très-finement qu'il ne faut presque jamais être vrai si l'on veut plaire & réüssir dans la Societé.

C'est en pratiquant des maximes si sages que nos jeunes gens peuvent se flater d'être la Nation de l'Europe la plus prudente, si elle n'est la plus polie.

Vous leur reprochez encore d'être superficiels, & de n'exceller dans aucun genre ; mais en vérité , Monsieur , c'est le plus petit malheur du monde , je le dis comme je le pense.

Il ne faut qu'un médiocre usage du monde pour s'appercevoir , quand on n'est pas superficiel , qu'il faut au moins le paroître pour plaire dans la Societé. Combien connoissons-nous de gens qui sont très-superficiels , & qui sont cent fois plus aimables que ces Messieurs qui approfondissent tout , & qui marchans toujours un compas à la main , épiloguent sur chaque mot , & ne disent jamais deux paroles sans expliquer d'où elles viennent & où elles vont. Vous autres Anglois avez un souverain mépris pour les gens superficiels , mais peut-être n'y a-t-il pas autant de distance que vous le pensez entre l'esprit le plus superficiel & le génie le plus profond. Le Chancelier Olivier comparoit les François à des Singes qui sautent de branche en branche jusqu'à ce qu'ils soient arrivés à la plus haute branche d'un arbre , & le tout pour montrer le cul.

Ce que ce Chancelier diſoit des François, ſe pourroit dire de l'homme en général : s'il y a de la différence entre les
gens ſuperficiels & ceux qui ne le ſont
pas, c'eſt que les premiers montrent le
cul d'abord , & que les derniers couvrent
le leur de prejugés d'opinions , & ſou-
vent d'opiniatreté. Or cela eſt-il bien dif-
férent ? ſi les Sçavans qui ont le plus ap-
profondi les ſciences , en connoiſſoient
mieux la nature des choſes, ils ſeroient
d'accord entre eux , rant ſur les principes que ſur les conſequences qu'ils en
tirent ; mais la diſcorde & les conteſta-
tions qui régnent entre eux ſur tous les
points , ſont bien voir qu'ils n'ont rien
gagné à approfondir la nature des choſes , & qu'ils n'ont là-deſſus aucun avantage ſur les gens ſuperficiels que celui de
leur impoſer. Je conviens qu'il y a bien
que'que petite différence entre eux , en
ce qu'à force de méditer, les eſprits du
premier ordre apprennent enfin à dou-
ter de leurs propres connoiſſances , au
lieu qu'un eſprit ſuperficiel ne doute ja-

mais de rien : mais en vérité, le nombre des Sçavans qui se méfient de leurs lumieres, a toujours été si petit, qu'il ne vaut pas la peine d'être mis en ligne de compte.

Plus j'y pense & moins il me semble que ce soit un grand mal que d'être superficiel ; le plus petit malheur du monde, à mon avis, après celui-là, c'est de n'exceller dans aucun genre.

C'est faire, ce me semble, un bien mauvais marché que d'acheter la possession de quel talent que ce soit par la perte de tous les autres, ou seulement par la privation de quelques unes de ces qualités subalternes qui sont de mise dans la Société : or c'est un ordre établi par la Providence qui distribue de telle sorte ses dons qu'ils sont toujours séparés ; les uns tombent sur une ame, les autres sur une autre.

Par une Loi aussi ancienne que le genre humain, défenses sont faites à tout mortel de posseder plus d'un talent dans un dégré fort éminent ; défenses sont faites à un habile Géometre de faire de bons vers galans ; défenses sont faites à tout Poëte de parler de Géometrie sous peine de ne sçavoir ce qu'il dit & ainsi des autres.

L'Histoire rapporte cependant qu'il y eut autrefois une telle affluence de beaux Esprits & de gens excellens en tout genre à Ephese, que leur nombre en devint à charge à la République, qui fit une Loi conçûë en ces termes. Qu'il n'y ait entre nous aucune personne qui excelle, & si quelqu'un a cet avantage, qu'il soit plûtôt par tout ailleurs que dans notre Ville.

A la quantité de beaux Esprits & de gens excellens en tout genre qui sont aujourd'hui en France, ne seroit-il pas à propos d'en envoyer des Colonies dans les Pays Etrangers pour éclairer le genre humain ? Nous sommes si riches, ce me semble, qu'on pourroit, sans nous appauvrir, faire une pareille dépense ; sans cela je crains bien que nous n'ayons bientôt besoin d'un Reglement semblable à celui des Ephefiens : Peut-être feroit il déja fait, fi nos beaux Efprits, par amour pour la Patrie, n'avoient la précaution de cacher leurs fublimes connoiffances fous des dehors fi gracieux, fi fleuris & fi enjoués, qu'à moins d'être fin connoif-feur, on les prendroit volontiers pour des Efprits très-fuperficiels.

Cela n'a pas empêché qu'on ne recon-noiffe, au travers de leur modeftie, leurs talens fuperieurs *pour le fublime du frivole*; or cela s'appelle, en bon françois, pof-feder en quelque façon une fcience uni-verfelle; ce qui eft fort aifé à compren-dre, car puifque toutes les chofes du monde font véritablement frivoles, com-me l'enfeigne Salomon & beaucoup de Sages après lui, le plus haut dégré de frivolité eft néceffairement le dernier terme des connoiffances humaines.

Peut-être aurez-vous de la peine à vous perfuader cela; mais pouvez-vous en dou-ter, fi vous lifez avec attention les Ecrits raifonnés de nos Philofophes Modernes, & les galantes productions de nos beaux Efprits.

C'eſt à leurs excellens Ouvrages que nous devons le bon goût qui regne aujourd'hui dans Paris. Le bon ton eſt venu à la ſuite du bon goût, & c'eſt de leur uniſſon que reſulte la bonne compagnie, qui par un juſte retour, décide en dernier reſſort du bon ton, du bon goût & du bel eſprit.

Je n'ai pas le tems aujourd'hui de vous expliquer cette énigme. Si cela vous paroît trop vague, vous n'avez qu'à conſulter Meſdames A & Meſſieurs Z qui travaillent depuis vingt ans à démêler ce qui eſt du bon ton, & ce qui n'en eſt pas : Auſſi eux & leurs amis jouïſſent du privilege excluſif de juger de la bonne compagnie. Eh pourquoi ne l'auroient-ils pas, puiſque la moindre Caillette, nos Freluquets, nos petits Maîtres croyent bien l'avoir auſſi ? Ah ! Moliere, où es tu ?

Je ſuis, Monſieur, &c.

M. D C C. X L.